# LA RÉFORME

DES

# JUSTICES DE PAIX

ET SES

## INFORTUNES DEVANT LE PARLEMENT

**par un Juge de paix**

DIJON
IMPRIMERIE RÉGIONALE
—
1885

# LA RÉFORME

DES

# JUSTICES DE PAIX

ET SES

INFORTUNES DEVANT LE PARLEMENT

par un Juge de paix

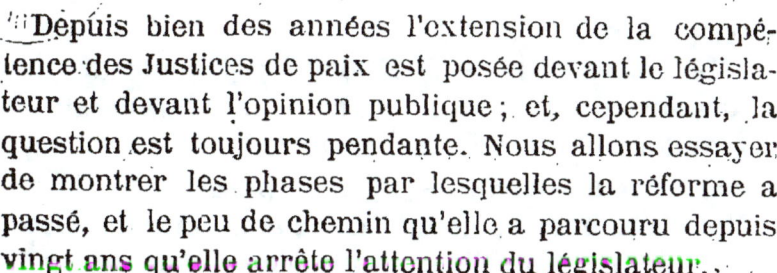

Depuis bien des années l'extension de la compétence des Justices de paix est posée devant le législateur et devant l'opinion publique ; et, cependant, la question est toujours pendante. Nous allons essayer de montrer les phases par lesquelles la réforme a passé, et le peu de chemin qu'elle a parcouru depuis vingt ans qu'elle arrête l'attention du législateur.

Déjà, sous l'empire, en 1864, la commission qui fonctionnait au ministère de la justice, pour l'examen de la révision du Code de procédure, reconnut la nécessité d'étendre la compétence des Justices de paix. Le gouvernement, dans ses dernières années, avait même saisi le Conseil d'État d'un projet de loi. L'examen en fut interrompu par la chute de l'empire.

En mars 1877, le Sénat, adoptant les conclusions d'un rapport sur une pétition demandant l'extension de la compétence des Juges de paix, ordonnait le renvoi au ministre de la justice. (*Journal officiel* du 1er mars 1877.)

A la même époque, la Chambre des députés ordonnait aussi le renvoi au ministre de la justice d'une pétition déposée par M. Floquet, député de la Seine, émanant de la chambre syndicale des propriétés immobilières de la ville de Paris. M. Escanyé, rapporteur, disait dans son rapport :

« L'extension de la compétence des juges de paix
« est une question très sérieuse qui touche à des inté-
« rêts multiples et particulièrement à ceux des classes
« peu fortunées ; elle s'impose donc à l'attention du
« législateur. » (*Journal officiel* du 15 mars 1877.)

Dans sa session de janvier 1878, le Conseil général du Rhône renouvelait en ces termes un vœu déjà exprimé sur l'extension de la compétence des juges de paix :

« Le Conseil général du Rhône a déjà plusieurs fois
« formulé ce vœu dont la réalisation constituerait un
« grand avantage pour les justiciables *et une œuvre*
« *de justice* à l'égard des juges de paix. »

Un grand nombre de conseils généraux ont aussi demandé l'extension de la compétence des juges de paix.

Le 1er avril 1878 la Chambre des députés prenait en considération une proposition de loi présentée par MM. Floquet et Parent, députés, sur l'extension de la compétence des juges de paix.

Le 17 mai 1878, M. Laroche-Joubert, député, déposait sur le bureau de la Chambre une proposition de loi tendant à l'augmentation du traitement des juges de paix.

Dans l'exposé des motifs, l'auteur de la proposition disait, ce qui est encore bien plus vrai depuis la loi de 1883 qui a augmenté les traitements des magistrats d'appel et de première instance :

« On songe avec raison à améliorer le sort d'une

« foule de fonctionnaires ; la cherté des subsistances
« justifie amplement cette sollicitude en faveur de
« ceux dont les ressources sont insuffisantes ; mais il
« est une catégorie de fonctionnaires qui semblent
« par trop oubliés dans l'énumération de ceux qui
« souffrent.

« Je veux parler des juges de paix, ces laborieux
« et modestes magistrats dont les fonctions, vous le
« savez, sont si multiples et parfois si pénibles.

« Qu'ils sont loin d'avoir l'existence douce et paisible
« des juges des tribunaux civils ! »

Le 22 mars 1879, M. Alfred Girard, député, déposait
sur le bureau de la Chambre une proposition de loi
sur la révision de la loi du 25 mai 1838.

Le 20 novembre 1880, à la tribune de la Chambre
des députés, le Garde des sceaux, dans un discours
prononcé à l'occasion de la discussion de la loi de
réorganisation judiciaire, s'exprimait ainsi :

« Le gouvernement est heureux de profiter de l'oc-
« casion qui lui est offerte de donner aux juges de
« paix, à cette magistrature populaire, honorable, le
« temoignage d'estime et de confiance que M. Noirot
« vient de nous demander.

« L'absence, dans le projet de loi qui vous est sou-
« mis, d'articles relatifs aux justices de paix n'est pas
« le résultat d'un oubli. La chancellerie prépare en ce
« moment, pour elles, un projet de loi organique. »

En exécution de cette promesse, le Garde des sceaux,
M. Cazot, déposait sur le bureau de la Chambre, à la
séance du 15 mai 1881, le projet de loi organique qu'il
avait annoncé en novembre 1880.

Une commission examina ce projet qui fut rapporté
par M. Goblet, président de la commission. Mais la

Chambre, arrivée au terme de sa législature, s'étant séparée, le projet rentra dans les cartons.

Le 17 février 1882, M. Humbert, Garde des sceaux, déposa un projet sur le bureau de la Chambre des députés.

Quelques jours avant, M. Martin-Feuillée, député, déposait une longue proposition de loi sur la compétence et l'organisation des justices de paix, et qui était le projet qu'il avait élaboré comme Garde des sceaux du ministère Gambetta.

Aucun de ces projets n'a été discuté.

Enfin le 10 mars 1883, M. Martin-Feuillée étant de nouveau Garde des sceaux, déposait deux projets de loi, l'un sur l'organisation des tribunaux, l'autre sur l'organisation des justices de paix.

La loi sur les tribunaux fut votée par la Chambre et le Sénat et promulguée le 30 août 1883.

Le projet sur les justices de paix ne fut étudié que plus tard, la commission présidée par M. Lelièvre s'étant reposée après avoir fait voter le projet sur les cours et tribunaux. Le rapport fut enfin déposé par M. Ferdinand Dreyfus sur le bureau de la Chambre le 4 février 1884. Mais le projet ne fut inscrit à l'ordre du jour qu'en 1885 et, comme pour le projet de M. Cazot en 1881, la Chambre, arrivée encore une fois au terme de sa législature, se sépara sans avoir voté le projet.

Le 26 novembre 1885, M. Brisson, Garde des sceaux, déposa encore un projet sur l'organisation des justices de paix.

Au commencement de février 1886 seulement, les bureaux nommèrent la commission qui devait examiner le projet. Cette commission élut M. Rémoiville président, et chaque commissaire rendit compte de la discussion des bureaux.

Presque tous les candidats républicains aux élections d'octobre 1885 avaient inscrit sur leur programme la réforme des justices de paix comme moyen d'arriver à une diminution des frais de justice. A la fin de l'année 1884, lors de la discussion du budget de la justice, M. Rémoiville avait fait à la tribune un discours sur la nécessité de diminuer les frais de justice. M. Martin-Feuillée, Garde des sceaux, lui avait répondu que la Chambre pouvait diminuer les frais de justice en abordant la discussion du projet de loi sur les justices de paix qui était prêt. On pouvait espérer que la commission allait agir promptement et que son président userait de sa légitime influence pour hâter l'étude et la discussion du projet. Mais non! A la presque unanimité, la commission se montra hostile au projet. Elle demandait un vaste projet d'ensemble comprenant la refonte du Code de procédure civile et une réorganisation complète des institutions judiciaires. Elle déclarait que le projet, s'il était adopté, porterait un trop grand préjudice aux avoués et aux greffiers des petits tribunaux déjà si peu occupés. Les intérêts des classes peu fortunées et la diminution des frais de justice passaient au second plan : l'intérêt de quelques-uns primait l'intérêt général.

Le 8 juillet 1886, sur la proposition de M. Rémoiville, une grande commission de 33 membres a été nommée pour préparer la refonte du Code de procédure civile et examiner tous les projets, présents et à venir, touchant l'organisation judiciaire. La Chambre a ordonné le renvoi devant cette commission du projet déposé par M. Brisson, et la commission spéciale nommée en février 1886 s'est trouvée dessaisie.

Si la grande commission, dont M. Rémoiville a été nommé président comme il l'était de la commission spéciale, présente un grand projet d'ensemble, comme cette dernière en avait exprimé le désir, il est certain que la Chambre actuelle, de même que les deux précédentes, arrivera au terme de son mandat avant d'avoir opéré la réforme des justices de paix.

Ainsi voilà vingt ans que tout le monde est d'accord pour reconnaître la nécessité de la réforme, réforme qui intéresse à un si haut degré les classes pauvres, et jusqu'alors le législateur n'a eu ni l'énergie, ni l'esprit de suite nécessaires pour mener à bien cette réforme !

Et, comme le disait en 1878 l'auteur d'une proposition de loi, on améliore le sort d'une foule de fonctionnaires et personne ne songe aux juges de paix : « qu'ils sont loin d'avoir l'existence douce et paisible « des juges des tribunaux civils ! »

Cependant la loi de 1883, pour rendre cette existence plus douce et plus paisible encore, a très sensiblement augmenté le traitement des juges. Et, mieux encore, le législateur de 1883 a voulu que les juges de paix des chefs-lieux d'arrondissement fussent privés de l'égalité du traitement des juges que leur avaient accordée des lois antérieures. Les juges de paix sont donc restés avec leurs anciens traitements et 2,063 juges de paix de *neuvième classe* reçoivent un traitement dérisoire de 1708 fr. 80 :

Quoi qu'il en soit, et pour le cas où, pressée par l'opinion publique, et pour dégager la promesse faite aux électeurs, la Grande commission se déciderait à soumettre le projet Brisson aux délibérations de la Chambre, il nous a paru intéressant et utile de faire un examen complet de la partie du projet qui touche le plus directement les juges de paix, et de mettre en évidence les conséquences fâcheuses, l'amoindrissement moral et matériel qui en résulteraient pour certaines catégories de juges de paix si, par impossible, la commission et la Chambre adoptaient purement et simplement les traitements proposés par M. Brisson.

L'article 26 du projet de loi rapporté par M. Ferd. Dreyfus, et que la dernière Chambre n'a pas eu le temps de discuter, était ainsi conçu :

« Les juges de paix en résidence dans les chefs-« lieux d'arrondissements judiciaires reçoivent un « traitement égal à celui des juges du tribunal.

« Le traitement des juges de paix en résidence dans « les villes dont la population est supérieure à 20.000 « habitants est fixé à 3.000 francs.

« Le traitement des juges de paix en résidence dans « les autres cantons est fixé à 2.500 francs.

« A Paris le traitement des juges de paix est de « 8.000 francs. Le traitement des juges de paix ruraux « du département de la Seine est fixé à 3.600 fr. »

Le paragraphe 1er de cet article consacrait les droits concédés aux juges de paix des chefs-lieux judiciaires par la loi du 21 juin 1845 et le décret du 22 septembre 1862.

La loi de 1845, en supprimant les vacations allouées aux juges de paix, avait ainsi disposé par son article 2 :

« Dans les villes où siègent des tribunaux de pre-« mière instance, le traitement des juges de paix *sera*

*« le même que celui des juges des tribunaux*. A Paris
«les juges de paix recevront, en outre, une somme de
« 1.500 francs à titre d'indemnité pour un secrétaire. »

Lorsque, en 1845, le législateur a accordé aux juges
de paix des chefs-lieux judiciaires un traitement égal
à celui des juges du tribunal, il a surtout considéré
que les exigences et les charges de la vie étant égales
dans une même résidence pour les deux catégories de
magistrats, le traitement, par une juste équité, devait
l'être aussi. Et personne ne soutiendrait que dans les
villes où siège le tribunal, le juge de paix rende des
services moindres que ceux d'un juge de première
instance.

La loi du 30 août 1883 fixe ainsi les traitements des
juges de première instance :

| | |
|---|---|
| Paris . . . . . . . . . . . | 8.000 fr. |
| Villes de 80.000 habitants, Nice et Versailles . . . . . . . . . . | 6.000 fr. |
| Villes de 20.000 habitants et Chambéry. | 4.000 fr. |
| Villes de moins de 20.000 habitants . . | 3.000 fr. |

De ces chiffres rapprochons les traitements que le
projet de M. Brisson propose pour les juges de paix :

| | |
|---|---|
| Paris . . . . . . . . . . | 8.000 fr. |
| Chefs-lieux judiciaires de 80.000 habitants, Nice, Versailles et cantons ruraux du département de la Seine. . . . . . | 5.000 fr. |
| Villes de 20.000 habitants et Chambéry . | 3.500 fr. |
| Chefs-lieux judiciaires ou administratifs de moins de 20.000 habitants. . . . . | 2.800 fr. |
| Autres cantons . . . . . . . . | 2.500 fr. |

De ce rapprochement il résulte que Paris seul con-
serverait les avantages qui avaient été accordés aux

juges de paix des chefs-lieux judiciaires par la loi de 1845. Et l'on va voir dans quelle inégalité choquante le projet place certaines catégories de juges de paix.

Les juges de première instance qui, avant la loi du 30 août 1883, recevaient 5.000 francs de traitement ont été augmentés de 1.000 francs. Les juges de paix des mêmes villes de Bordeaux, Lille, Lyon, Marseille, Nantes, Rouen et Toulouse qui touchaient ce même traitement de 5.000 francs le conserveraient *sans aucune augmentation*.

Les juges de paix des cantons ruraux de la Seine recevraient le même traitement de 5.000 francs alors qu'ils ne touchent que 3.600 francs, soit une augmentation de 1.400 francs.

Actuellement les juges de paix d'Amiens, Brest, Le Havre, Nice, Nîmes, Reims, Saint-Etienne et Toulon reçoivent un traitement de 3.500 francs, et ceux de Versailles un traitement de 3.000 francs. Avec le projet du 26 novembre 1885 ils recevraient : ceux du Havre, Reims, Saint-Etienne, Nice et Versailles 5.000 francs, soit une augmentation de 1.500 francs, et même de 2.000 francs pour ceux de Versailles ; ceux d'Amiens, Brest, Nîmes et Toulon resteraient avec leur traitement de 3.500 francs *sans aucune augmentation.*

Les juges des tribunaux de 5e classe qui, avant la loi de 1883, touchaient 2.700 francs de traitement ont vu ce traitement porté, pour les uns à 4.000 francs, pour les autres à 3.000 francs, selon que la population de la ville est au-dessus ou au-dessous de 20.000 habitants, soit une augmentation de 1.300 francs ou de 300 francs selon le cas.

Cent quatorze juges de paix résidant dans des villes

autrefois sièges de tribunaux de 5ᵉ classe et qui touchent 2.700 francs de traitement, recevraient une
augmentation de *cent francs*.

Ainsi les juges de paix de Saint-Nazaire, Vannes,
Mâcon, Sedan, Abbeville, toutes villes de plus de
19.000 habitants, recevraient une misérable augmentation de cent francs, presque une aumône, et touche-
raient 2.800 francs alors que les juges de paix habitant
une simple bourgade recevraient 2.500 francs avec
700 francs d'augmentation. Il n'y aurait donc entre
ces deux classes de juges de paix qu'un écart de
300 francs, somme qui, incontestablement, ne repré-
sente même pas, à beaucoup près, la différence entre
le prix du loyer dans les deux résidences.

Les huit juges de paix d'Argelès, 1.800 habitants ;
Boussac, 1.300 habitants ; Commercy, 5.200 habitants ;
La Palisse, 2.900 habitants ; La Tour-du-Pin, 3.600 habitants ; Mauléon, 2.400 habitants ; Poligny, 4.700 habitants et Puget-Theniers, 1.400 habitants, reçoivent,
par exception, en vertu de l'article 4 du décret du 22
septembre 1862, 2.400 francs, c'est-à-dire le traitement
que recevaient les juges des tribunaux de 6ᵉ classe
siégeant à Lourdes, Chambon, Saint-Mihiel, Cusset,
Bourgoin, Saint-Palais et Arbois. (L'arrondissement
de Puget-Théniers ne possède pas de tribunal). Le
tribunal ne siégeant pas dans ces huit premières
petites villes, quoique chefs-lieux d'arrondissement,
ces huit juges de paix se trouvaient classés, d'après
le projet, dans les traitements de 2.500 francs et au-
raient reçu cent francs d'augmentation. Le rédacteur
du projet a sans doute pensé qu'une augmentation de
cent francs serait dérisoire et humiliante ; c'est pourquoi il a écrit : « chefs-lieux judiciaires ou *administra-*

*tifs* de moins de 20.000 habitants. » De cette façon les huit juges de paix de ces petites villes recevraient 400 francs d'augmentation. Mais, alors, comment expliquer que ce que le rédacteur n'a pas voulu faire pour huit juges de paix il le fasse pour cent quatorze !

Il serait bien plus logique, et surtout plus juste, et pour fermer la porte à toute récrimination, d'adopter les traitements du projet de M. Martin-Feuillée, rapporté par M. Dreyfus. Les juges de paix habitant le chef-lieu judiciaire retrouveraient ainsi leur ancienne situation dans l'égalité de traitement que leur avaient donnée la loi de 1845 et le décret de 1862. Toutefois, et pour n'oublier personne, il serait convenable de porter à 4.000 francs le traitement des juges de paix des huit villes de plus de 20.000 habitants, non chefs-lieux judiciaires. Cette disposition, qui serait juste, n'augmenterait la dépense que de 12.000 francs. Ces juges de paix sont, en effet, au nombre de douze, résidant à Roubaix, 91.700 habitants ; Tourcoing, 51.900 habitants; Calais, 46.900 habitants ; Cette, 35.500 ; Le Creusot, 28.100 habitants ; Armentières, 25.000 habitants ; Arles, 23.500 habitants ; Elbeuf, 23.100 habitants. (Ces chiffres sont ceux du recensement de 1881.) Il ne resterait plus qu'à classer Mézières, 6.100 habitants ( Tribunal siégeant à Charleville), dont le juge de paix touche 2.700 fr. de traitement. (Décret du 22 septembre 1862.)

Quelles raisons invoquer pour justifier l'amoindrissement que les diminutions du projet Brisson infligent aux juges de paix des chefs-lieux judiciaires ? En quoi ces juges de paix ont-ils cessé de mériter d'être traités comme ils l'ont été par le législateur de 1845 et le gouvernement de l'empire ? Et pourquoi toucheraient-ils maintenant un traitement inférieur à celui des juges ? Pourquoi cette espèce de *deminutio capitis* dont sont frappés ces humbles ? Est-ce parce que le projet augmente considérablement le travail des juges de paix ? Et remarquons que le projet permet de donner deux cantons à un juge de paix et que, dans les chefs-lieux judiciaires, le juge de paix qui doublera son service ne recevra aucune allocation supplémentaire :

« *Qu'ils sont loin d'avoir l'existence douce et paisible*
« *des juges des tribunaux civils !* »

Invoquerait-on la question budgétaire ? Examinons :

Les traitements de 2.868 (1) juges de paix, calculés d'après l'ancien projet Dreyfus, donnent une dépense de . . . . . . . . . . . . . . 7.849.300 fr.

La dépense d'après le projet Brisson serait de . . . . . . . . . . 7.682.300 fr.

Soit en faveur de ce dernier une économie de . . . . . . . . . . 167.000 fr.

Mais le nouveau projet, de même que l'ancien, autorise la réunion de deux cantons sous la juridiction d'un seul juge de paix. L'étude faite par M. Martin-Feuillée prévoyait la suppression de 103 juges de paix dans les chefs-lieux judiciaires, ce qui diminuerait la dépense d'une somme de 399.000 fr.

Les 515 juges de paix des chefs-lieux judiciaires coûtent actuellement la somme de . . 1.467.600 fr.

En adoptant les traitements des juges de première instance, et déduction faite des 399.000 fr. provenant des 103 suppressions, la dépense ne serait que de 1.441.010 fr.

D'où une différence en moins sur la dépense actuelle de . . . . . . . 26.600 fr.

(1) Ce nombre sera augmenté par la création des deux nouveaux cantons de Marseille, non encore pourvus de titulaires.

Ainsi, après les suppressions qui, il faut le reconnaître, peuvent se faire sans qu'il en résulte le moindre inconvénient pour les justiciables, les juges de paix des chefs-lieux judiciaires coûteraient 26.000 francs de moins qu'aujourd'hui. Et, à moins de vouloir faire la réforme sur leur dos, ce n'est pas la question budgétaire qui pourrait être sérieusement invoquée pour les amoindrir dans la situation qu'ils avaient à l'égard des juges des tribunaux.

Le budget des juges de paix, selon le projet Dreyfus, moins les créations à Paris qu'il proposait et que ne reproduit pas le projet Brisson, et aussi déduction faite des 399.000 francs provenant des 103 suppressions urbaines, *les seules possibles*, serait de 7.450.300 fr.

Les traitements actuels des 2.868 juges de paix étant de. . . . . . . . 5.968.400 fr.

La réforme exigerait un supplément de dépenses de . . . . . . . . 1.481.900 fr.

Comme argument contre les juges de paix des chefs-lieux judiciaires on pourrait peut-être invoquer ce fait que les substituts reçoivent aussi un traitement inférieur à celui des juges depuis la loi de 1883. Mais, lors de la discussion de cette loi, il a été expliqué à la tribune que les substituts sont des jeunes gens qui débutent dans la carrière et qu'il était convenable de ne pas leur accorder, en entrant, le même traitement qu'aux juges, plus âgés et comptant déjà un certain nombre d'années de service.

Cette raison ne peut pas être invoquée à l'égard des juges de paix ; car, outre qu'ils ne peuvent entrer dans la carrière qu'à un âge plus avancé (trente ans), ils n'arrivent au chef-lieu judiciaire qu'après de longues années de service et après avoir passé par les classes inférieures. Et c'est le plus souvent, pour ne pas dire toujours, le couronnement de leur carrière ; car si le juge de paix du chef-lieu judiciaire est nommé juge, ce qui arrive bien rarement, il est appelé à un traitement inférieur, à de très rares exceptions près, sous prétexte que l'inamovibilité compense la différence du traitement.

Le projet Brisson, si peu favorable aux juges de paix des chefs-lieux judiciaires, apporte-t-il à la corporation de ces humbles magistrats une amélioration quelconque au point de vue de la stabilité ? Non. Leur sort reste aussi précaire, aussi fragile qu'avant. Rien de changé pour eux ! Le juge de paix reste exposé à toutes les convoitises, à toutes les inimitiés, à toutes les vicissitudes et se trouvera, comme dans le passé, à la merci des événements et des influences politiques.

Pourquoi le Parlement n'accorde-t-il pas aux juges de paix la sollicitude qu'il apporte à ces autres faibles les instituteurs, dont il veut assurer le sort et la stabilité ? En vertu de la loi déjà votée par le Sénat et que va ratifier la Chambre, les instituteurs ne pourront plus être déplacés que sur l'avis conforme du Conseil départemental. Ils auront le droit de savoir qui les attaque et ce qu'on leur reproche ; ils pourront avoir communication de leur dossier : Ils pourront se défendre !

En quoi les juges de paix sont-ils moins intéressants ? Et si le législateur ne veut pas leur accorder l'inamovibilité, comme aux autres magistrats, pourquoi ne leur accorderait-il pas des garanties égales à celles qu'il octroie libéralement et généreusement aux instituteurs ?

Les instituteurs ont trouvé dans le Parlement des défenseurs dévoués, ardents et persévérants : Ils touchent enfin au but.

Les juges de paix n'ont pas trouvé leur Paul Bert. Aucune voix, soit au Sénat, soit à la Chambre, soit même parmi la presse, ne s'élève en leur faveur : Ils sont oubliés ! Et si les auteurs de la célèbre *Grande Duchesse* écrivaient leur pièce aujourd'hui, ce n'est plus une place d'instituteur qu'ils feraient prendre à leur héros *désempanaché* : ils le nommeraient juge de paix de *neuvième classe*. Le mot aurait d'autant plus de succès qu'il paraîtrait invraisemblable. Car, combien savent, même parmi nos législateurs, qu'il y a des juges de paix de neuvième classe, *quorum pars fui*, et qu'ils forment les sept-dixièmes de la corporation !

Août 1886.

4377 — Imprimerie régionale, 7, Petite rue du Château, Dijon.
Directeur : A. AUPETIT